密室の惑星へ

浜江順子

思潮社

密室の惑星へ

浜江順子

思潮社

密室の惑星へ　浜江順子

Ⅵ

カバー作品＝建畠覚造「対話（DIALOGUE）」
作品撮影＝山本糾
装幀＝思潮社装幀室

I

ふたつの顔

ひとつの顔ともうひとつの顔の間には、深い谷があり、男はひとつのペニスを有する。薔薇色の頬を持つことは決してなく、時にひとつの顔とひとつの顔の間の光のまったく射さない谷間に、自らの姿を漆黒の闇とともに忽然と消すこともある。ひとつの顔は、もうひとつの顔とどこで変化するかなど、自らは決して把握することはなく、変化する際のスイッチさえ見つけだすことはできない。恐ろしい所業さえ、彼にしてみれば、どちらの顔でしているかはわからない。なぜなら、彼自身は谷間でペニスを風に解放しながら、自らがふたつの顔を持つことなど、深夜の夜露のごとく知るよしもないのだ。しかし、ひとつの顔からもうひとつの顔に代わるとき、雲のような大きな沈黙が男をつつむ。沈黙は鉄のようでもあり、泥のようでもあり、それは回数を重ねてもいつも未知そのものだ。そして、その沈黙のなかでベーコンの絵の歪みのように、ひとつの顔の下に隠れている顔が大きく歪み、もうひとつの顔に取って代わるのかもしれない。歪められた鼻、歪められた目、歪められた耳、もしかしたら、その歪曲からなにやら不思議なひとつの花が咲くように、もうひとつの顔になるのかもしれない。括弧つきの顔、括弧なしの顔。生の顔、死の顔。男は自分でも知らず知らずのうちにどこかのキーを押し、顔を代えているのだろうか？　ひとつの顔には決してない狂気を持つもうひとつの顔になるとき、その狂気はひょっとしたら、意外にも清らかな泉から生まれているのかもしれない。男は、狂気が熟成され、いつものように恐ろしいひとつの表出として現れるある日、突然、自分のもうひとつの顔の陰に気づく。どろっとした腐敗した空気がつつむと、顔は突然、引き裂かれる。すると、そのなかからもうひとつの顔が歪みながら現れる。それは度重なるごとにある種の快感さえともなう。いまの顔に代わる顔は、顔の下にひっそりと自らの毒にむせびながら潜んでおり、なんらかの瞬間、瞬時にすげかえられる。狂気の日常。日常の狂気がふつふつとシステマティックに回転する。次第にどれが本当の顔だか、分からなくなる。分からなくなることとの安堵。いつも身体のどこかで自らが礫になっているような感覚は拭うべくもないが、ふたつの顔の間を行き来する足の引攣りさえ、いまを生きる確かな証しなのだ。いつかふたつの顔を保てなくなる不安と予感。男はふたつのうちのどちらかひとつの顔を失うことは、自分のすべてを失うことだと直感的に知っている。ふたつの顔と顔の綱渡りのなか、微かな快感に勃起することさえある。それらの麻痺はすべてを緊張させ、すべてを弛緩させ、長い間にふたつの顔の歪みは極限に達し、目も鼻も耳も遠く暗い闇のなかにバターのように溶けていく。蟻たちの歓喜のなか、溶けていく顔はふたつはおろか、ひとつの顔としての機能も失い、ごく薄い皮だけが男の頭蓋骨にへばりつき、決して裁きを受けることのないひとつの面として存在する。

表出

カラスの嘴もしなる罪は
遠くに転がり
すでにもう真っ黒な土壌となっているから
何も語れない
生まれたての死が
ゆらゆらするひとつの媒体となり
罪を濾過して表出させる現象は
沈黙のうちにうっすらと飛沫をあげて
いまを駆け抜ける
それはひとつの真実というより
それは砂糖菓子を纏ったような毒そのものだ

だからといって
すべて崩れ去るというものでなく
いつまでも舌にのこる繊維のように
ざらついていて
悲しすぎて
そこから流れる液体は
塩として結晶することもなく
罪のひとつ、ひとつが積み重なり
蛾たちの死骸がガサガサと
織りなすその分厚い層のなかで
真実という青い嘘に寄り添う
表出はそれらの層から
染み出た液体だけかというと
それればかりではない
夕暮れがいつもの赤ではなく
突然、ありえない真っ白になって

衝撃を与えるのに
似ているのかもしれない
それらの層に絡みついた相手の怨念が
そうさせたのかもしれないし
そうでないかもしれない
時に愛に満ちた清らかな水も
吹き出たりする
わけのわからない激しい表出は
ざらついた動物の皮膚に触れたように
尻を落ち着かなくさせ
行き場なく
涙なく
甘さなく
許しなく
死というロンドのなかで
歪んだ弧を描いて

ひとときの眠りを
頭から被るしかないのだ

密室の惑星へ

城の中の開かずの間へと、おそるおそる歩こうとすると、脚が一本、二本と薄くなり、ついには自分の視界から消え、みるみるまに見えなくなってしまう。逃亡者にならぬように、身体を縞々にまだらにして、なんとか惑星化する。惑星になって、どこを巡るというのではなく、囚人たちの拷問室の負の光線を避けるように、影のように貯蔵庫へと飛んで、ワインを盗み飲みしたりする。密室にいる人々は、みなすべて密やかに剣を持ち、にこやかに、かつ冷ややかに、切り合っている。切られた者の血は、すでに血ではなく、水でもなく、城の水門へと、流れていく。室内の絶えず飛んでくる剣をかわし、かわし、頭のおかしい道化のふりをして、ガラガラを回し、回し、人々の悪意を喉に溜め込み、部屋の内部をさらに覗き込む。中にいる者の悪意は束ねられて、自然発生的にさらに大きな悪意となるかというと、そうではなく、シューシューと水蒸気を吐き出しながら、時計回りの螺旋階段にそって地下へと、幽霊のように走る。飛ぶ。密室では彷徨う者として、血を飲み込み、森を飲み込み、地球から一〇〇光年の系外惑星「若い木星」のように、果てしない孤独を鳴らす。太陽系惑星ではない星として、この密室に留まり、のたうち、狂気を鎧として震える。窓から差し込む、朝の光だけを頼りに天を探す。強力な破壊に揺すられ、打撃を受けても、遠く飛ぶ。便所掃除人の嫌われようで、肩を青くし、赤くして。ほら、小さな窓から円塔が薄く、白く、見えるが、ただそれだけのことだ。めしの足しにもならない。ここでは夜だけを食い、白い便をする。惑星は厚い城壁を呪い、身を縮めて寝たふりをするだけだ。密室での戦いは音も吸い取られ、悲しみも繊維状にされ、まるで戦争の体を成さないが、戦争であることに変わりはなく、カサブランカのように純白を誇っているが、実はそれが汚れたなれの果ての色であることは、ここにいる者はみんな知っている。戦いはそこにいる者とだけではなく、自分の内部の血の澱ともだ。伝えるべき言葉は皮膚に張り付きながら、ヒクヒクしている。一部の騎士たちの塩漬けは、既に干からびて幾月も経ち、のぞき穴の下の捨て石にされている。殺人的な飛び道具はもはやどこにも存在しないのだが、官能だけが死を恋しがるかのように、本能的に兵士たちは密室のあの黴臭い空気を吸い込み、自らの死体の作成に余念がない。あ、、誰か「おまえはもう死んでいる」と言ってやれ。密室には既に溢れかえるほどの死体で空間は埋まっており、水自身も呼吸できないほどだ。忘れられた囚人のように、新鮮な空気を欲しがっても、それは割れた鏡の中のどこかにある歪んだ平行四辺形のようにどこにも存在しない。

発芽しない

子葉たちの指令を飲み込んでも
脳は発芽しない

セイタカアワダチソウの茎がゆらゆらと
夜ごとあらぬ方向へ掻き乱されても
脳はいっこうに発芽しない
（重いと思いが、括弧の作業を地下へと伸ばしている）

ドクダミの地下茎が
臭いの信号をしみじみ発信してきても
脳はまったく発芽しない

（地下奥深くゆらめく円筒には、きらめく緋が隠れている）

極く小さなバッタと青色の朝顔に隠れても
脳はさわさわ発芽しない
（ガラスを食うという舌は、植物と話をしているらしい）

カラスムギの種子が
目という目を食い破っても
脳はふにゃりとも発芽しない
（異常に異様に増える種子は、決して罪ではない）

たやすく底へ底へと凹んでしまう、水の球形を愛しても
脳は嘘でも発芽しない
（地球の重心に血色のてんてんを飛ばすのみだ）

暗い道の尾をずるずる引きずって

四角く死んだふりをしても
脳はことりとも発芽しない
（もうあそこの角の信号は、死んだということか？）

巧みな波にも乗れず
道端の側溝につまさきだってすがっても
脳はぴくとも発芽しない
（いつでも馬は澄んだ目で天を突き抜けているから）

雑草の汁をぎしぎし裸に塗っても
現象は現象たりえず
脳はうんともすんとも発芽しない
（月夜に怪人の影を見たというのは、どうも本当らしい）

日常の尻の穴を見つけても
ネジバナのはかなさを飲み込んでも

脳はしくしく発芽しない
（明日がするすると、古い井戸へと発火していくようだ）

Ⅱ

黒い波

波という異形が
闇の奥を蹴破る
光の渦に溜めた
水が青く白く
逆上して発光する
波の残像が
遠くうごめく
胸の内で
うっすら泡ごと
薄く流れる
ひたすら

ひたす
内心からひたす
外心からひたす
ひからびるほどに
ひたすと
波間に沈む魚たちが
無音で青い天空に奇妙な形で
張りつきはじめる
魚の波か
真っ逆さまな戸など
どこにもないから
獲れた海は
鉄の棒で搔き混ぜられ
「知らぬ」というばかり
ひたすら
ひたす

一直線に駆け上がり
突き上げる波が激しく反撃する
重い静寂のなか
一瞬、痛みに穴あける激しい音
すべてが弾きかえされ
黒い波は果てしない縞模様となり
天ほどに
棘の神経を直撃する
いつか見た
祭りの高みのように
誰かが嗚咽する直下
まぶしい朝が
美しい凶器となる
波も
ひめいをあげて
ひたす

天を
地を
鋭角となり
変形となりながら
内臓まで心の心棒まで絞め殺しながら
無垢の朝
恐ろしいほどの金色の印を受けて
ゆらゆら
封印する
誰も知るはずもない
誰も見ない
ひたす
ひたすら
ひたす
ひめいと
ひかりと

ひきさく
ひそむ
ひごうと
ひたひた
ひくひく
ひがん
ひきつり
ひきつり
黒い波
ひとつ

不信の森

神経燃やし、褐色のわけのわからない蛙となるのか？冷たい雨が芯となり、ぼうぼう飛ぶ。そこに微かな揺れを感知する森があったとしても、聖なる、いや汚された屍を一体、製造できるだろうか？　揺れは恐怖を呼び、種が乱舞する空を誰もが愛撫するほどに、もくもくと何者かに化けるだけだ。種は弾となり、どこまでもはてなく再びブーメランのようにふにゃけた地球に刺さるまで不死身のように鋭角に飛ぶ。芯は心になることなく、ぐるぐる醜い球根のように塊りとなって、転がる。大きな川の流れと暗い空が同衾している真昼。愉快も不愉快も同義語として、迷い込む不信の森はツンドラのように凍りきった土を有しているかというと、意外にもそこはふわふわの耳の中のようで、迷い込む兎を一匹、二匹と殺しては数を正の字にして数え、大きな獲物をひっそり待っている。そこでは、ある領域とある領域は重なり、犯しあい、信じて、あるいは信じておらず、カオスを食い散らし、さながら神経の森のようだ。花もわずかに咲いており、苔は美しい緑をうっすらと誇り、さながら絵に描かれた理想郷のような見事な地獄だ。木々の枝々のような神経と神経がライトセーバーのようにゆらゆら光を発しながら身も心も焼き切るまで応戦する。神経の傷口は焼かれるため、出血はしないが、どす黒い互いの醜い心模様のようで、いつまでも風にさらされ、カラスとなるまで空を妖しく飛ぶ。藍色に空が染められ、やがて紅色になると、森は血をどくどく脈打たせながら、ひととき眠りを貪り、朝とともにまた細い牙を剝く。ペシミスティックなパンのひと欠けらもグルグル回っている朝、今日もバターのように嘘のうえに嘘が塗り固められる魂がある。突然オレンジ色の光の渦に巻き込まれて、天へと昇るものもある。カツラというカツラを頭上からフッ飛ばしても不信は不信のままで、パンの欠けらにもなれやしない。思惟も、「シィーッ！」も隠れ場もなく、心と心が探りあい、舐めあい、犯しあい、不信のアンテナをオッタテテ、ある種の沈黙の城を構築する。城には互いの肖像が無残に転がり落ち、それぞれ泥炭で燻され、燃やされ、かろうじて目と鼻のカタチを残すのみである。微妙にして奇妙なズレは、なぜかズレを生む驚くべきラインを超えた快感を発生させ、それがまたズレを生む。ズレとズレが木々のような神経をちらちらスパークさせ、次第に死の森を形成する。よれた森は一人、ひとりの彷徨を誘い、死にいたらすまで締めつけながら、決して離すことはない。

這う殺意

糸を怖く引き
影をつつっと伝い
まだにぶさの抜けない闇の夜を連れてくると
絞め殺しの木が
突然
いや突然ではなく
やはり突然か
錐のような鋭角な殺意になる
男の殺意はキリ、キリと舞い
なにやら宙につぶやく喉に
ぶらさがり

食いつき
刃を握りしめる
平常の顔を
狂気の顔が丸め込み
いまを生きてない顔も現れ
黄泉の国に当てつけながら
刺そうとする意志は
殺意を微細な粉末にし
自らにふりかけ
対象にふりかけ
天に飛ばし
虚にふりかけ
実にふりかけ
粉をどこまでも飛ばし
殺意の粉まみれになりながらも
夜更けの犬の遠吠えも

圧し
かき消し
降る雨の音も知らぬ
天も知らず
這う殺意は
猛り狂いながら
垂れてくる闇のなか
切りつける

刃を捨てろと言う方の脳もすでに殺意、ギューと充満し、殺意と殺意がやり合い、つる草のように絡まり合いがんじがらめで、どんづまりで、水はなく、蒸気なく、涙なく、情もなく、そこには殺意と殺意が間欠泉のように、どちらの肛門からも黒い湯気を噴きたてるのみだ。

刺されそうなものを

助けようと
刃を持つものに
やおら体当たりすると
刃は床にころ、ころ
ころがり
眼球もころ、ころ
ころがり
運命もころ、ころ
ころがり
狂気がオーロラのように反射して
こちらに跳ね返り、突き刺さり
発光し
蛍のようでもあり
きつね火のようでもあり
終われば、平常心ひとつ
ころがるのみだ

街角の谷に溺れることなく
乾きながら
ころ、ころ、ころがり
翌朝は
もうころっと、日常だ
刃のことなど
素知らぬ顔で
納豆の糸に操られ
バスとともに
狂気、蹴飛ばし、蹴飛ばし
ころ、ころ、ころのころころだ

溜まるのは、刃を持って刺そうとしたものへの殺意で、次第にそれは絞め殺しの木として、大きくなり、自らのなかで肥大する絞め殺しの木に自らも絞め殺されそうになりながらも平常心で殺意を飼いならし、ころ、ころ、ころ、日常をころがしながらも、妙に身体が重いのだ。

可能なかぎり
死人の冷たさで
泳ぎ切るしかない
無常も
余剰も
タンポポも矢車菊も
食い散らし
刃を飲み込んで
尻に隠して
人間のふりをする
むくろとなり
鯉ののびやかさを真似て
跳ねてみせる
旋回せよ、旋回せよ

無に向けて、旋回せよ
旋回し切ったところに
街への刃も見えてきた
殺意と隣り合わせの人間は
狂気に浸されていると
思われているが
いつもひとつのストーリーをつくるだけだ

刃はどれも見劣りすることがない。刃を持つことは、知的で痴的で、進む方向は極悪でも善良でもなく、ひとり沈黙の森の住人になるだけだ。葬り去るものは、「かつて」だけで、「かつて」を徹底的に透明になるまで洗浄する。透けて見えるものが、たとえメフィスト一匹としてもだ。

やがて殺意は次第に

朽ちるだけと思われたが
生きていた
自らの腸に張り付き
今度は自らへと刃を向けて
時にのろのろ昼寝しているが
砂漠となり
さらに、さら、さらになり
殺意を磨き
自らへと果てしなく切りつけてくる
切りつけながら
流れる血を
赤から変容させ
すべてをあざ笑い
さらに切りつけてくる

地球を切りつけ、切りつけ、塵になっても切りつけ切りつけ、切りつけ、風をも切りつけ、自己を確認する。名前のないまま、うろうろとし、喉から刃を飲み込むという芸当まで見せ、あざ笑われても、切りつける。地球のただれたマグマにも切りつける。

街の交差点で
刃をたたむという
技も覚え
刃から歯を生やし
刃を育て
脳に這う殺意を
胸の棚にいったん収め
つま先だって
明日を見詰める

ついにはボロボロになった刃は、まがいもので代用し、刃は刃たることなく、ハ、ハ、ハ、と頓死した。刃を失ったカラッポは、生存の意味はないのだが、イミテーションの刃を磨き、新たな刃を持つ。真新しい刃は隠れるように、テッセンの蕾のなかにこっそりあった。

もう人への刃ではなく
自己への刃でもなく
ここ一点、空への刃
限りなく青い空への刃
振り回し、振り回し
見えない雨と舞う

宙を切る刃は、むなしさも切り、キリ、キリ、キリと、キリキリ舞いしながら切り、自己も他者も切り、ゼロも切り、ゼロを齧り、宙を走り、インクを飲み込み、噴水のように噴出し、青一色に染まっても、宙を切る刃は一向に衰えず、狂ったように切りまくる。

青色に染まりながらも
切り、切り、切り
キリ、キリ、キリ
キリキリ舞いしながらも
ひたすら宙へと切り込む
切り取られた鋭角な空から
たとえ驟雨が激しく切り込むとしてもだ

無関係の谷間

知らず知らずに飲みくだす毒のように、ありえない崩壊が尻にある。無関係はいつも関係のふりをして、法則をつくろうとする。辛いフツフツとした思いが人と人の間にあったとしても、それらは綱渡りしながら、ただ降り積もるだけだ。それを谷間というのは容易だが、本当は鳥が飛ぶだけの狭い空間にすぎない。償いは独りよがりを吹っ飛ばし、位相を定着させようとするが、決して確定されることはない。するする伸びる蔓薔薇の棘に刺された時のように、やっと片目だけ開いて非存在を証明しようとするが、いつも無関係のしたたかさにやられる。関係はしばらくの間は寝ているだけで、基本的には自己に取り込むことはできず、青い霧のごとくいつしか散ってしまう。表現を再開するには、壁という壁の針がひとつの丸い柱になることが期待されるが、逆に幾何級数的にその針は増加を見ることになり、また新たな壁を生んでしまう。それは憎悪が確実に谷間にあるということを証明することになる。局所的な麻痺は麻痺を生み、亀裂に冷たい水を流させる。冷水は「待つ」という概念を決して持つことはなく、「このまま」をキープし、関係を装う。時はまるで輝かしい多様体のように、痛みを散らそうとするが、やはり無関係の谷間にいるだけだ。何をするかが問題ではなく、何に隠れるかだけが問題なのだ。交錯する意識を四角にしても夢は表出されることはない。関係したくないという意識が関係を生み、関係を結んでいたいという意識が無関係を生むというパラドックスを蹴ってしまいたいが、やはりズブズブと沼底に沈み、砂を食う。受け止められなかった不安がかえって羽をつける。飛ぶ。それはしたたかに殴られた時のように、青痣を隠そうという意識と同等のような気がする。同じことは、同じでなく、同じでないということが、同じなのだ。自己への虐待が谷間にあるから、関係は関係を生まない。「島」はいつだって孤島なのだ。「島」は沈没寸前で信じてもらえない。それらの中心の環はいつも悪意をすくい取って血を流している。間違いだと分かったとしても、その間違いは沈澱するだけなのだ。関係のない環の中で。青ざめた沈黙の中で。無関係の底にある死は、唸りもせず、ただ沈黙をしている。無関係か、関係か、揺れる思いは風に吹かれて、死を見詰める。無関係であろうとするエゴイズムが錆びた赤茶色になって晒され、痛い存在を確認する。無関係たりえない関係を流す川はない。俯瞰する眼にやられて、立てなくなりそうな自己は突然脇から出てきたトカゲを見た時のように驚き、何とか立とうとするが、夢想の中でかろうじて立つだけだ。ばたついた風景に鍵を掛けて、一切見ないようにしながら、かたつむりのような縞々の殻の中で。

畜生道霞《ちくしょうどうがすみ》

ためらいがちに
手が伸びた先は
きれぎれで
棒状の夜を語れない
ましてや朝を語れるはずもなく
足が伸びた先は
びたびたで
朝もこんもり
あるにはあるが
死をも食い荒らす
砂嵐の痛さは

誰もがどこぞの穴に
骨をひそかに埋めているから

春霞のように
いっとき揺れる畜生道に迷い込む
ぐあん、ぐあん
怖さは
青を一心に染めて
凍った死体を
決して宙に離さない
もう青には戻れない
点は点を食い
すでに線を結ぶことはできないとしても
恐怖と優しさが反転しながら
太い直線となり
串刺しする

人間と人間の狭間に
すっぽり挟まった獣いっぴき
爪先立ちしながら
細い糸たぐり
闇へとたどる
嘘はべっとり食べれない

こっそり
こりこり
骨、ひたたり舐める
骨、ひたすら齧る

闇夜の月がはぐれ
霞がかかっても
落ちていく湖はどこにもないから

真実が透ける手
へなへなと
霞は夜を透視し
冷徹は
血液を一点で
綺麗に沈澱してみせる

立ち上がる足に
枷はないが
顔の中にもない
のっぺら棒の顔と
骨、しゃぶるほどに
なぜか月虹が見え
転がる坂は
痛く

美しく
背骨が幾重にも転がり
喉が何かを鳴らしても
風が幾層にも堆積する
そこが
どこだとしても

丘と兵

城塔の上に高く突き出た監視塔から薄紅に輝く雲が遠く見える。緑霞む丘が突然、兵になったのは、なにやら必然のようであり、架空のようであり、それは心の中のことのようであり。跳ね橋は上げるべきか。まだ、よいか。危険はそこまで来ているようでもあり、まだ遠いようでもあり。さらに、落とし格子も下ろすべきか、まだか？　丘が突然、兵になるさまはなぜか美しい幻を紗に映して見るようでもあり、まだ見たことのない地獄を見るようでもあり、そのさまは腰に巻き、悦楽すべきようでもあり。丘はまるで一匹の褐色の恐ろしげな怪物のように、ある種の呪術を使って、うにゅうにゅと兵を次から次へと湧かせた。それは水溜りから果てしなく湧いてくるボウフラのようでもあり、どんよりと濁った川の隅に広がっている蛙の卵から、おたまじゃくしが次から次へと発生するさまにも似ていた。みるみるうちに丘は兵でいっぱいになっていった。それは神の悪意というものが存在するとすれば、それはまさに神の悪意であり、恐ろしいばかりの閃光が轟きわたる雷とともに発しながら、丘を覆い尽くしていく。雷の轟音はまるで進軍ラッパのように丘を兵に変えながら、丘を変形に崩していく。兵は初めは蟻のように小さかったが、次第に押し寄せてきて、心を食いちぎる。雲を食いちぎる。迷彩色のいでたちで、ゆらゆら立ちのぼりながら、全員なにかむにゅむにゅ言いながら、天へも地へも馳せ参じる勢いで、かといって、よく見ると、首から上が全員なく、肩は大きく揺れ、足は微かに地面を捉えている。丘は一面、雑草で覆われ、緑と黒と灰色のブチとなり、風に大きく揺れ、遠くから眺めると、なぜかそれは芸術的な壁面さえ思わせる。丘の中には一カ所だけ水を湛えた池があり、そこには鯉が無数に住みついていると伝えられている。兵士たちは食料に窮すと、ススキの茎を根元から切り、穂の付いている部分を取ると、ごく細い釣竿をつくり、そこにミミズを付けて、釣りをしている。城の監視塔から見ていると、丘の兵たちは、勢いがいいのか、悪いのか、丘も兵も単に運命を呪って揺らいでいるようでもあり、いないようでもあり、よく分からない。兵たちは城を攻めるようでもあり、攻めないようでもあり、それ自体が戦術ではないかという憶測ものぼるほどだ。しかし、丘を眺めること半日、丘が兵でいっぱいになると、丘全体が兵という一匹の生き物になったのごとく、ゆらゆらと勢いよくこちらに攻めてくる。兵士たちは色とりどりの旗を掲げ、自分たちを鼓舞するかのように、妙なダンスを踊りながら進軍してくる。それは直線というより、点の連なりといった方がよく、一点一点が気持ち悪くなるほど美しい青い空の下の蟻といった風情で、一歩、一歩、天から操り糸で操られているように進行してくる。さながらそれはスター・ウォーズの中のロボットの兵隊のようであったが、首のない生身の兵たちは、それらにくらべ、強靱さやしぶとさはなく、虫の食った林檎のように身も心もスカスカのように見えた。兵たちの歩みはまるで心臓の動きのようなリズムで正確かと思うと、突然不整脈のように乱れたりと、草の靡きとともに気ままだった。それでも、城の間近まで近づきつつある。すると、突然の驟雨が兵隊たちを襲った。なんということだろう、兵たちはまるで砂糖菓子のように崩れ、溶けていき、城の前の濁った水が溜まった堀に全員、消滅していくのが、城の監視塔から確認された。兵たちの断末魔は一切、聞こえなかったと記録されている。

Ⅲ

黒百合姫譚

花咲く瞬間を喉の奥にぐっと押し込め、嵐を腰に巻き付けて、男と平行四辺形する。根を張り、水を伸ばし、孤独を首に巻き付け、唾を飲み込む時、木々の揺れは激しい鼓動と共振し、そこからはまるですべてがぐじゅぐじゅ、穴となる。

「未来はいつも狂気の腐敗が香り高く漂う」と呟きながら、美しい端正な顔をわずかに動かせながら鼻だけを異界に飛ばし、褐紫色のドレスの裾を闇夜に巻いて、夜毎に自分の血まみれの心臓を鮮やかに取り出す。男の脚はいつだって、女の首を絞める道具だと言い放つ黒百合姫は、今夜も男の脚のメニューを増やす。毛深い男、蛙のように脚の細い男、異常にアキレス腱が発達した男、ぶよぶよ足の太った男、綺麗に脚の毛を脱毛ムースで取った男、足首に見事な刺青をした男、神経質そうにいつも毛深い脚を小刻みに揺らす男……どれもが黒百合姫の首をその脚で締め付けながら、いつのまにかハエが好むようなその臭いに知らず知らずに吸い寄せられ、ついには自らの首を嬉々として彼女へと差し出す。褐紫色のドレスは日々彼女の本当の影のように、軽やかに妖しく舞っては闇に消えていく。彼女の内なる芯の釣鐘状の穴はどこまでも深く、新月の夜には、その穴の奥にするするとペチコートを少し花粉で汚しながらひとり降り立ち、ひとつふたつ溜息をついては、男の脚の品定めをしては、突然嗤い狂う。そして、どす黒い絶望を退屈そうに嚙み殺し、一瞬、老婦のような表情を奥歯で嚙みしめる。しかし、すぐさままた、褐紫色の美貌をまとい、さらに穴を彷徨する。そこは蝙蝠が飛び交う鬱なる空間だが、微かな空気孔が生命体としての彼女をかろうじて支えている。毎夜そこからよじ登って何事もなかったように復活する彼女は、煩そうに近づくハエの一匹、一匹をしなやかな指先で絞め殺しては、月に文字を書き連ねてなにやら占いながら、男たちを時に呪詛にかけ、空ろに口を開け、紫のルージュを少しはみ出すように塗る。洒落た髭のあの男のロマンの影に隠されたどす黒い策略も心地良いシナモン菓子で軽やかにくるみ、一匹のハエと一緒に口に運ぶ。「今日も脚のあのむず痒さを消すことはできなかった」と呟きながら、分厚い哲学書で空中のハエを鮮やかに押しつぶし、月を食べるような仕草で宙を捉える。

どこからか、裏糸

追突する気も木もなく
薄れゆくそれでも鮮やかな官能を腸に括りつけ
危うく凧を忍ぶ者
転がる蛙の罠を持ち
隠れるでもなく現れるのでもなく
時に聖と性をないまぜにして織りすすめる
足の爪先で
忍び笑いしながら
裏糸のたわわな赤い果実を
こっそり貪る
汁は天に散り

真実は墨と闇に沈み
快楽の嗚咽を
薄いチーズの中にそっと押し殺す
空豆の鮮やかな緑は
なぜか飛ぶ空の中
切り込む刃を闇深く
ひそやかに埋めて
蜻蛉の目をチッチッと愛撫する
昼の目、夜の目
しとど蝙蝠のごとく
彷徨い
鋭い刃をふいに突き刺す
顔の裏に潜む
遠い海と近い計算
表も裏も
舐め尽くし

ふいにターンする
脇の下にじっとり何ものかを飼いならし
しなやかに会釈するさまは
豹のごとし
夜の忍び泣きも
鉄の仮面に押し隠し
薄く浅く人の血をすする
目が蛇になっても
しなをつくりつつ
トロンとする
夜も昼もひとつの箱にすぎず
入口も出口も
ちょろちょろする鼠にすぎないから
さながらすべてが太い筒になったように
上も下もなく
すべては脚の毛を立てて

無音でない無音のまま
ふるまうしかないのだ

泥眼

いわれのない目つきにキリキリ縛られ
忌み嫌われる風になったとしても
鷗は飛ぶのを止めないのに
理由があろうはずもない
　私の眼がふさがれ
あなたを憎む気はないと言っても
舌から伸びる蔓が「それは嘘だ」と言っていることは
土のひとかけ
あの空の月のひとかけも知っていることなのです
妖気と狂気をこき混ぜて
たとえひとつの窓をつくっても

ぐらぐら落ちる真実が
黒く鈍く塗り固められるだけ
　私があなたを嫌いなのは
存在と非在を
　明確に分けない
　ぐじゃぐじゃのとろとろの
　こんにゃくあたまだからなのです
「語りたい」と、「語れない」の間には
谷という谷を集めたほどの
大きな裂け目が脳を割り
知らないふりを鋳型に固めているという
　私に何も申されますなと言われても
言うべきことなどすべて絡みつく自分で自分を溶かし
もう初めから何もなく
ただ土けらを這うミミズ一匹のように
ひたすら黙するだけなのです

憎しみの藍色を
胸でひたすら変色させると
なぜか幾何級数的に美しく輝き
綱渡りの蝶がひらひら舞う
私のことは闇に
そそくさと埋葬し
少し塩けのある湿った空気で
ひと蒸ししてくだされば
血色の点々として微かに存在するのみなのです

＊泥眼　元々は菩薩の面として使われていたが、妖気漂う、女性の生霊にも用いる能面。

ぬっ、ぬら、ぬる、女殺油地獄

止らぬ刃
月をも刺し
青い血、流す

月、ぐらり曇り
くろぐろ泣き
ついには、月の片隅、闇に破れ

地獄の油、どこぞより、たれ
人の油、たれ
血の波、たれ

たれも持っている
たれも止られぬ
たれもすべて押しとどめられぬ

危うい殺意の狂い咲き
たれ流し
きりり、きりきり、殺意の喉仏

たっ、たっ、たっ、たら、たら、たら、たれ、たれ、たれ
たっ、たっ、たっ、たら、たら、たら、たれ、たれ、たれ
たっ、たっ、たっ、たら、たら、たら、たれ、たれ、たれ

たれた母の乳房、蹴散らし
たれたおのが心、憎み
たれた油、ひたすら飲み込む

極道の与兵衛
人妻のお吉
地獄の底なし油沼へ、投げだされ

ぬっ、ぬっ、ぬっ、ぬら、ぬら、ぬら、ぬる、ぬる、ぬる
ぬっ、ぬっ、ぬっ、ぬら、ぬら、ぬら、ぬる、ぬる、ぬる
ぬっ、ぬっ、ぬっ、ぬら、ぬら、ぬら、ぬる、ぬる、ぬる

　打ちまく油流るゝ血
　踏みのめらかし踏みすべり、*

殺意、目にくる
天にくる
まさかの仏にくる

不義になって、かね、貸してくれ

かっ、かっ、かっ、かせ、かせ、かせ、かね、かね、かね
かっ、かっ、かっ、かせ、かせ、かせ、かね、かね、かね
かっ、かっ、かっ、かせ、かせ、かせ、かね、かね、かね

悪人にして、胸、早がねのように鳴り
切り裂かれ
じりじり焼かれ

ついには、かね、脳天にくる
かね、かせが、かせになり、脚乱れ
こぶしにくる

ぐあんと、とどめ刺し
月をも狂わせ

すべて漆黒の闇と
ぐらり地獄舞い、かっ、かっ、かっ

＊「女殺油地獄」『名作歌舞伎全集』第一巻（近松門左衛門集）、東京創元新社。

Ⅳ

電話

こもる雲から
垂れる足から
ゆらゆらする、いや、ゆらゆらするような

一緒に出掛けた母が見えない
もう帰宅したのだろうか
「先に帰ったのだろうか」と
家に電話すると
母が出た
「もう、着いたよ」
そんなに早く一人で帰ったのだろうか

目をこらすと、瞼の奥、遠くかすかに
母の話している電話が、ゆらゆら見える
公衆電話のようだ
少し上に薄暗い小さな丸窓があって
どこかの空港の電話のようにも見える
まわりは怖いほどの漆黒の闇だ
天使も悪魔も
吸い込むような暗黒だ
どこだろう
家ではない
どこなのだろう
私は母の声を聞いて
家へ帰ろうと
急ぐのだが、歩き疲れて
もう一歩も進めないところで

目が覚めた

私は悩んでいた
さらにいちだんと気遣っていれば
母はもっと長生きできたのではないか
螺旋状に悩んでいた
死んだ人のことで自分を責めると
かえってその人が心配するということを
偶然、手に取った本で見つけて、少し納得した翌日
ゆらゆら、ゆらゆら、夢を見た
それが家にかけた電話だ

母は私が自分を責めるのをやめたことに
少し安心し
無事、天国の寂しげな薄灯りのともるきれぎれの空港に
着いたところだったのだろうか

母はすべてを天から、ゆらゆら、ゆらゆら見ていたのだろうか
私はあまりに素早いその繋がりに驚き
まだ闇が薄くひろがる朝まだき
身を捩るほどに
一匹の虫けらのように身を小さくまるめて泣いた

三歩

死が三歩で確認されると、海が輝きを増しながら俯いて、爛れた。三歩はなぜ三歩だったのか？　一歩ごとに沈んでいく世界。一歩ごとに死んでいく、闇。いるのか？　いないのか？「いま」から侵食されつつある黒い小石たちと、心地良い風のなか、死を確認する。波は穏やかさと狂気で確かに周期している。三歩目は痛い。死だった。死は水のように確認された。

死は海のなかを泳いでいった。そよぐ風と眩しい秋の陽の光のなか、海の奥へと潜っていったのか？　さらに海の底の底へと。確認は瞬間、地球を巡るほど早かったが、思いは長く後を引いた。沈下する思いが三歩と無と絡まる。身体のなかから鎮魂が細い糸になり、捩れては固まる。遠く続く防波堤を齧りながら鳥になる。破壊的な波は来ない。脱出したのか？

思いは深い海になり、空になり、三歩は揺れとなり、消えた。煙も出ない。火も出ない。まだ暑い秋の陽だけが光っていた。海水に濡れない心は渇いたままだ。真昼の三歩はカラカラになりながら、干され、芯から揺らいだ。死は生のなかで確実に生きており、それは魚の鰓呼吸と同じリズムで思いを温める。ウッという息を飲む瞬間にかすかに認められた。

波間に浮かぶ島のように死は、生と息をしながら、死たらんとする。偶然が必然を生むように、かすかに見える島影だけが三歩の意味を知っている。突然、死との距離を知り、驚くが、何事もなかったように小さな黒い石の上を進む。死は確かにそこにいた。退けることはできなかった。海のなかから細い糸状になって、天へと続くはるか沖へと渡っていった。

砕けゆく波のなかに頭を突っ込んで、死

との距離を測って、宙のなかに納めたのは何か？　すでに成熟しつつある死が遠ざかる。もう何も言えない。ただそこに立つだけだ。爪先という爪先を黒い石に吸いつけて、到達できるかぎり、死を見送るしかない。それが死の望みであり、刹那であるなら。魚のように晴れやかに切り離し、冷たい目を持ってまた水中に潜る。

V

閾

記憶から垂れる糸状に撚った狂気を
はずし
はがし
はしると
なにやら死という自由が
少し乾いた舌のうえに差し出されていた

空気は不在を吸い込み
藺のように
けだるい楕円形を保ち
無関心なしかも沸騰した汁をかけられながら

地面で一つのわけのわからない塊になっていた

水のように薄い欲望を
舐めるように集めても
置き去りにされるのは
山のかなたしかない
地下にはもう一滴も水は残っていない

荒涼とした草たちが
風をなびかせ
虚構をかたどっても
充分傷んだ内部も
充分傷まない外部も
美しく、美しくない物語がせまりくる

かぶと虫のきらめきと

夕暮れのまばゆさを
ひととき、掻き集めても
やはり自由は不自由でありつづけ
小さな小山が息をひそめ咳をする

刺し殺されることを望む自由と
それに応える自由が
二重性にみちた薄紫色の密室を孕み
季節はずれの悲しい蝶たちと
信じられないほど静謐な空間に
卵をびっしり生みつけていく

ふいにほどけた片方の靴紐のように
ずるずると
ただずるずると
真実を一つひとつ

死のピースを不器用に嵌め込んで
若い森の風を受けながら
薄目を開けて
スーパームーンの天へと一筋、燃えていく

鼻をつぶされた男

街でひょいと獲れた脳のよう
NY真昼の地下鉄は
隠れた蜥蜴の腹わただ
岩を齧るのも、岩に隠れるのも同義語で
舌をあやつる術は
地下をうねうね這っている
男の一段と狭い鼻腔を通る息の破裂は
野を想う
海を呼ぶ
眼の位置も鼻の位置も
宇宙が決めたもの

少しずれている
人々は素知らぬ顔だ
視線に内在する翳は
いつも何かが巣食い
まともな的はない
足元に刺さる影さえ
喉に刺さる
遠く懐かしい昔を呼ぶ声は
ずっと強い酸の中に入ったままだ
すっかり汚い駅はみんなの安心で固まり
身体の芯を鳴らすように
男のつぶれた鼻は人々を撫でる
ガタン、ガタン、ガタン
揺らす額と揺らす鼻と
どこまでも視点の定まらない三角地帯
他人の股に頭を突っ込む快感

他人の腋毛を舐める不快
すべては共通で
男の鼻が存在する
誰も誰も何も待っていない
待っているものは待つ瞬間から
もうすでに存在しないから
鼻をつぶされた男も
鼻高々の男も
形の良い鼻が女を誘う男も
誰も誰も
本当は何も存在しないものに溺れている
不幸も幸福も咀嚼されるべき存在ではなく
車窓の外をめぐる真っ黒の風景が
到達するところですべて押しつぶされている
風はなくとも
森はなくとも

鼻をつぶされた男の視線は地下に突き刺さり
永遠に出てくる気配はない
車内に坐っている者たちは
喉の奥で噓ほどに甘い飴を舐め舐め
マグマの方向に頭を垂れる
鼻をつぶされた男こそ
神だということを
もう誰もが気づいているから

異物のつぶて

初夏、夕闇の落し物のような
通りすがり、男のスマホへの激しい怒号と
しゃらんと、通りすぎる猫がつくる
奇妙で、いびつな楕円の小宇宙
しらしら揺れる
少し切れる
するすると
残光の膜、破り
身こごませ、入り込む
鼻から
口から

耳から
異物のつぶて
半端ない膨張率がちりちり切ないね
あかまんま咲く
道の脇に三日間さらされた
子猫の死骸、ひとつ
頭、尖らせ
肩で受け止め
足裏で聴く
やや恐ろしげに
刹那の物を次から次へと
投げつけ
自らも異物になりきり
投げつけ
投げつけられ
決して火花散らさず

おずおずと
大胆に
空気、散らす
異物のつぶてとなり
かなたの宇宙の円盤のごとく
みんな消えていく
だから、するりと玄関から入りなよ
うん、うん、唸っても
流れるように
そこが一面の荒野だとしても

田圃の真ん中の墓場から

首《かしら》、東へ飛ぶ。西に激しく戸を叩く。首、とぐろを巻いて、蛇になる。川になる。山になる。緑色に燃えた怨念も紅色に沈み込んだ現世の業も踊り倒せば、底なし沼の尻の穴。覗けば、ジサもバッチャも、どっどっ、しゃんしゃん、どんどんどん、田圃の真ん中の墓から蘇る。土くれもミミズも人形の首も人の首も諦念からませ、欲からませ、地底の国から蘇る。蘇れ。猿倉人形芝居*の人形甚句の囃子にのせて、蘇る。悲しみこそ稲穂色の輝きでどっどっ、どわんどわんどわん、天へも地へも達する勢い、金色揺れる穂の勢い。人形もいつしか衣装を脱ぎ捨て蹴散らし、血色沸き立つ人間に成り果てる。

田圃の真ん中の墓では、死者たちの秋祭りが始まりだ。黄金色の稲穂はもう刈り入れ時で、穂は目になり、鼻になり、大地を嗅ぎまわり、石臼で人骨ひきながら、狢のありかを見つけてる。死者たちは月夜にこっそり闇の匂いを嗅ぎわけ、出てくる、出てくる。わんさか出てくる。人形甚句に合わせ、出てくる、出てくる。死の縁取りは生の縁取り、生の縁取りは死の縁取り。踊り狂えば、人形は我になり、我は人形になり、土くれの果て、吹っ飛び、舌の中、屁の中、河童の中。川を下って、どこへやら。狂い死んだという山女も、田圃の墓から迷い出る。人形甚句の囃子に合わせ、どわんどわん、どっどどど、ちゃんちゃん、喉から思わず出そうになる繰り言も慌てて飲み込みながら踊り狂えば、あの世もこの世、この世もあの世。坊主も、死人花、曼珠沙華を髪にかざした後家と手に手を取って、踊り狂って、喉鳴らす、腰鳴らす。風舞って、闇舞って、田圃の真ん中の墓の中の何者かが、静寂の地べたをどこまでもどこまでも掘り続け、地の果てまでも突き抜ける。あの世もこの世も、薄皮、ひと皮、剝けば、みな同じ。どれが善人でどれが悪人で、どれが生身でどれが死人やら。どっどっ、どんどん、しゃん、しゃん、踊り狂えば、みな夢色、水色、霞色。

「なんだかいい気分じゃ」という声が地の底から幾重にも響いても、一本道は邪の道、蛇の道。人のツラした狸や狐に化かされて、ころりころ、ころ、ころがる道の下、井戸の下、脇の下。ころがりながら、太陽も月も丸め込み、森の隠者になって、地の果てへと迷い込む。

　神も仏も石臼のごとく、ぐるぐる頭、回し、腹、回し、魂、招く、風、招く。蛇もどこからか、とぐろを巻いて、出てくる、出てくる。そこの祠から、あそこの山里から。そんな時はちびた下駄ポーンと投げて、天気を占い、占い、神隠しを全力で追いかける。死の風景は蜃気楼のごとく、里の妖怪に、山の化物に、声を掛けながら、ゆらゆらゆら立ち昇る。死者たちは揚々と結界を飛び越え、里を飛び越え、死の緋の国へのらり帰っていく。

＊猿倉人形芝居　秋田県に伝承する娯楽性が濃い人形芝居。

VI

制御不能の、

の、の、の、の、の、の、の、の、の、の、の、の、の、の、の、の、の、
の、の、の、の、の、の、の、の、の、の、の、の、の、の、の、の、の、
の、の、の、の、の、の、の、の、の、の、の、の、の、の、制御不能の、

声のなかにある、か細い声と
ゆらゆら鯉の餌をガチガチ齧る刹那
雨の匂いのなかに浮遊しながら

鬱なる内臓は思わず声を出しそうで怖い／彼はいつだって関与していない
／すべてに関与していない／仕事をしているときも遊んでいるときも／関
与するという体験が脳を通過していない／いつも恐る恐る触れるだけだ／

すべてに関与することがないというのは、それは彼の特質で欠点ではない／しかし、関与することがないということは、極限の鬱を与えられる／膜から透けて見える物だけにやすらぐ

鯉に餌を与えていると
尻からすうーと溶けていき
気持ち良く、気持ち悪い

男は身体を棒状にするという特技を有する／ほとんど棒になれる／それは彼が痩せているということもあるが、彼の内なる空洞をうまく利用している／鬱でない人間ほど、鬱だと叫ぶが、彼は鬱という自覚はないが、限りない鬱で巣食われ、もはや逆説的にそれはもう「鬱」とは呼べない／身体と心の森をゆさゆさして、それらを揺らす技は本当はとても痛いのだ／ポジショニングて何だい？

進行せよ

「無」を含めて
進行せよ

物語はいつも突然、始まる／行方知れずの脳髄を捜していると、身体はビルの外壁に消えて、何かを示唆する／物語の始まりを楽しむでもなく、嫌悪するでもなく／まるで消えていく抹殺寸前のヤゴを田で追うかのような／不可能な何かがいつも這い出す夕方／何も盗っていないのに、いつだってコンビニの防犯カメラに映らないようにしている／アジサイの青に負けないような冷徹な心を持ったはずだったが／やられてしまった！

「これは何だ！」と叫ぶと同時に
ストッキングを破る快感と
他者をひととき吸い込む、少しの違和感と
男はいつも公園の鯉に餌をやれるようにパンの切れ端をポケットに忍ばせている／すべてはねばねばのあの液にやられるな／恐怖から快感というス

トーリーはもう食いたくもないのだが／女のハンドバッグの片隅にはこまかな糸くずと一緒にいつも金が入っている／いつでも沖縄の孤島で死ねるように／物語は制御不能だ／出逢うべくしてなどというのは蚤の糞だが／出逢ったら、すぐにもぐら穴へだ

都会の風景はいつも風景の顔など置き忘れ
へらへら笑っているが
眼をかっと見開いている

男は夜はくちゅくちゅいつもガムをだらしなさそうに食っている／昼間の反動だ／蝙蝠は都会の片隅でバタバタと死を運んでいる／生き延びたい男と死にたい女は、突然、コンビで糸を探った／まさぐった／女が落としたチョコレートを合図に闇へと巣食う／燐粉が黄色と銀色と金色の極彩の配色で、未来を暗示しても、サインは進めだ／つまり、「死ね！」だ／男は女を磁石で絡め取る

グッドチョイスと、叫ぶな
冗談は顔だけにしてくれ
穴はいつだって鯉の池に通じる

大声を出す女と／ひたすら声を出さない男と／妄想と現実はいつも紙一重で縒り合わさった「いま」を波に晒す／有り得ない力学と有り得る性愛と／刹那という不可能のなか、食い尽くす／ボルトははずされた／あとは限りない本能と嘘のまさぐり合いだ／替われない男はいない／替われない女はいない／いつでも制御不能なマシンだ／制御しなくていいのに、制御してしまったという、うそ寒さになぜかシビれる

部屋のテレビをつけると
世界はまだ存在しているようだ
眠気は宇宙の果てまで詰まっている

外に出ると、街はすでにカラシ色に沈んでいる／脳が舞っている／脳は休

みながら、夜とゆらゆら揺れている／女が突然、異星人に見えるという事実をひたすら耳の穴奥に押し隠して／風が何かを言おうとしているのを無視して突然、交差点まで走る／女は置いていく／ダッシュして、奪取だ／夜の疾走、夜の失速／女好きだった父の遺伝子と遁走だ／逃げるだけが天国だとうそぶいて、腹から笑いながら夜のわけのわからない着地

時はまたたきを止めて、死んでいるかい？
まるで溺死寸前の心臓のようだ
チカチカするほど、どうでもいい

男は夜の公園に来ると、ベンチで明日を広げる／仕事の段取りが糸車のように回り、張り裂けたい現実で膀胱を一杯にする／金と鐘は同義語で、いつだって急き立てる道具として、容赦ない／逆剝けの現実と逆剝けの夢と、どちらにも背かれて／それでも田舎道で叩かれたガマガエルのように這いつくばって／それはそれでへんてこな音階はするけれど／今日はネットカフェからうそ寒い朝へ、よろけながら跳ぶ

落ちていく、落ちていく
真昼間の闇への落下は足の爪を震わせ
落ち葉のようにへばりつくだけだ

仕事は緻密なゲームのようだが、泥でできた過酷な迷路でもあり、重い眩暈は窓の鉄枠に敷かれる／叱られる者はいつも決まっていて、それはまるで雨どいから雨が落ちてくる位置と同様だ／そして、彼も地面もいつしか凹み切る／立ち直る気力も風船がいつしかスカスカとなるように、面から線となり、吹き飛ばされる／打算と惰性が混ぜこぜになって、彼の顔に張り付いて、古びたゴム紐のように伸び切り、突然切れる

だるい液が染み込み
パンパンとなって
一歩も進めない

日常と非日常はくるくると変わる天気に合わせ、傷んだ林檎のように神に中身をかすめ取られる／外出先で脳天に気を取られ、よろける／疲れていると思う間もなく、次のことに取りかからねばと男は暗闇へと突き進む／雨が冷たく芯まで冷やして、心地良い／毎日、自己はまるで事故だ／疲れが岩となって硬い心臓になる／ついにすべてがうんともすんとも言わなくなり、鰯の缶詰に入ってしまった

ええい、ままよと
投げ出す、服と福
失意はいつも寄り添う薄い皮膚組織だ

昼休みに鯉に餌をやる／鯉は寄ってきて、天からの贈り物を飲み込む／彼自身への餌はパクパクしても皆無だ／鯉になりたい、鯉になりたい／鯉になったら、池をゆらゆら泳ぎ、哲学してやる／餌のパンくずがけだるい放物線になって、池に投げ込まれた瞬間、男は見た！／恐るべき人面鯉になった自分が、ゆらゆら寄ってくる！／ふと足元を見ると、もう足もなく、

身体自体が消えている！

人面鯉という、突然のコンピュータエラーか！
風とともに震えて
天国やら地獄やら

人面鯉になった男はドブンとひと跳ねすると、目のまわりが少し黒く縁取られた不気味な面構えでメカニカルに泳ぐ／夕日が鱗に反射して、銀色に輝いているが決して美しくはない／汚れた水面に落ち葉を掻きわけ進む姿は、どす黒い狂気を秘めたメフィストの舞いだ／地獄の池を泳ぐ人面鯉／どこからともなく聞えてくる音楽に鰓をたなびかせ、さらに暗黒へと進む／闇のなかで、その濁った目が忘れ去られたビー玉のように怪しく光る

こうなったら
どこまでも
汚濁の小宇宙を泳ぐ

男の人面鯉は何かに挑みかかるように、不規則な小さなジャンプを繰り返す／目はますます怪しく、悲しく沈む肝だ／まだ誰にも発見されていないが、時間の問題だ／おっ、下を向くのだけが得意な若い男が、男の人面鯉を発見した！／見つけた男はそのことを誰に言うのでもなく怖れおののいて、その場を足早に去った／人面鯉になった男はその若い男が発見した気配をなぜか感じて、沼の底へと気配を消してひたすら潜った

ここも地獄か
鰓ひるがえし
闇の滓を飲みくだす

制御不能の、

玉突きの芽

危うい急な玉の流れから
ニョキッと
Aの芽から
あるいは
Bの芽から
突き刺さるような
玉と玉が無音のまま崩れ飛ぶ
玉、いずこ？
魂、いずこ？
芽は床にも生え

目は心臓にも生え
ずっと暗黒の壁を食い破る
沈黙に跳ね返されるまで
玉は突然、砲弾として
虚構のなかを直進する
追突はどこへ直進するのか?
当たるのは誰か?
砕けるのは誰か?
あるいは、仕組まれたことか?
オレンジ色のCの玉から
青色のDの玉へ
もう死んでいるのかもしれない
ひとつの追突がひとつの追突を生み
どこまでも
どこまでも
玉突きを増殖させる

芽は目になり
途方もなく彷徨い
夢想も愛想も
残忍なほどに回り果てる
玉、いずこ?
魂、いずこ?
内へと放電された玉突き
ずっしり奥へと追突するキャベツ状の残忍性
巻いている葉たちの迷路
巻き込まれる恐怖の汁
毒芽をピンと内在させて
足から震え上がり、天へ
頭から縮み上がり、地下へ
どこかわからない見たこともない空間へと
玉も
魂も

飛び出る
入り込む

なにかいる

なにかいる／きょくせんのなかをくぐりぬける、うたがいのぬらぬら／ゆくべきところをうしなった、はさみのかたわれ／うそをくぐりぬける、じくじくしたぬまのきわ／あわのゆくえをおうのはもうやめて、じぶんじしんがあわぶくになる／ゆくえしれずのわにはいつもすこしさびしげで、うろこからしっとりくさっていく／ましてや、かえるのあしはいつもまひがしをさして、まっかなじごくへともぐってしまう／ふんとつよがっても、もーつぁるとのれくいえむをとかし、すするだけだ／やっぱり、たいないに、のうに、なにかいる／こころのうろをぎとぎとにくるわすほどになにかいる／おそれとかいかんをないまぜにして、しんこうするしかない／ゆかいもふゆかいもいちまいのかみをはさんで、はげしくゆらすだけだ／むむむとすすんでもあとにはなにもみえない／ぴあののおとときりのあさをつきすすむが、やはりいっこうにそのしんはけとばせない／すぺいんのあのこみちをおもいだして、やみのないざいをなめくじにしても／けむしもいもむしもにんげんよりそのそんざいをめいかくにして、てんへとひたすらにげる／ゆらめくだいちもおきざりにして、かけぬけたいいしのもとに、なにかいる／てっせんのむらさきもあざやかに、すたーもぼんじんもいしをなげられながら、とんしするだけだとしても／じかんがない、じかんがないとなげくものは、じぶんのしるをすするだけだ／ちをすいつくすひるもひからびるほどに、なにかいる／ふしんしゃもとけるほどに、なにかいる／しろにひそむあのあおひげもしゃっくりするほどに、なにかいる／からだのなか、のうのなか、しねばいいだけだというあいろにーをあざわらうほどに／ふってんにたっしたきょうふがおれんじのけむりをだして、ねたふりをするまっぴるまのなか／きょうふはあふりかのさばんなのひょうほどにすばやくきもをねじふせ、さのうで、うのうで、あざわらう／まるでさんじゅうおくねんそんざいするという、ういるすのように／なにかいる

突起

背中に起立する小さな突起
潜むモノをさらに内へと潜ませる
わけのわからぬ動物の角も
なにやら内在させ
歔めく力も縒れた芯にして
突起は突起であるために
若干の痛みをその内側にヒタヒタ溜め
根から飛ばす
表面からやや硬い発話をする
一見、柔らかそうな谷から背後から蹴落とす
騙す気のない者と

騙されるとは思わない者とが
薄い表面を基点にして
騙される者を生んでしまう
ころがし、ころがし
見えてくる不透明な接点
ズレはズレを生み
ある日鋭く裂かれるが
尖ったり
突いたり
ましてや、武器になることもなく
何かを成立させることもなく
ズレはズレのままで
小さな根を張り
生産することなく
ひたすら沈黙する
鮮やかな空も知らず

深い海も知らず
少し異常であることに甘んじ
大きな変異を生じさせず
紅色の極小の爆弾を表面近くに秘め
突起を突起たらしめる
丘でもなく
砂嵐ふぶく砂丘でもなく
ましてや人の作った盛り土でもない
ある日、ウッと叫ぶ瞬間もなく
突然、切除されるまで
突起は
それとして在り続ける

底の川

ぬたぬたと底を逃げると、そこはまだ底ではなく、なぜか天空への醜さと美しさを兼ね備えた世界であり、水はどこにも存在しない。突き進む勇気もなく、ただ行き掛かり上、すべての単位のあり方が異様で、困惑したかというと、そうでもなく、ただ確認するようにそこに起立した。底では醜い自己と醜い他者がまるで判然とせず、迷路は素材のせいばかりではなく、投射するもののすべてが何者であるかの証明を避けるように遠くかなたに虹のように消えゆくのみであった。狡猾さを消す術を隠しつつ、それが見えていることを知らない滑稽さで、南瓜色のニタつきでそこにあるのみだ。醜さも美しさも紙の、いや、神のひと呼吸にすぎず、あわあわと慌てふためいて街の片隅に消滅するばかりだ。どこを見ても実はそこは底ではなく、底はそこではない。そこが底であることを認識したい触覚に身を任せていると、醜さもすーっと夜闇に溶けていくようで、麗しい気持にさえなり、クセになるようだ。底なし沼の恐怖を記憶として留めようとする意志と、醜さの奈落に落ちたい欲望が葛藤して、また新たなさらに深い底をつくる。やはり、まだそこは底ではなく、ましてや、なにかを詰め込むカプセルでもなく。心の目がまったく見えない者のように、すべての廃墟を喉から飲み込むと、なんということだろう。醜いきれっぱしのような、ねじれきった塊がぎしぎし固まり、沈黙の壁石と一体となり、風にさらされている。それは、逆説的に美しくさえあるが、草むらの片隅でひとしきり鳴いているクツワムシたちが笑いとばす。

あとがき

『密室の惑星へ』には、閉じた心、あるいはあらゆる閉ざされた密室において一人ひとりが悩み、蠢きながらも持ちつづける、不思議な自由浮遊惑星のようなものへの願望が大きく小さくゆれている。そこには、「秘すれば花」のような内なる内部へのときめきとゆらめきもあやうく秘めているといっていいだろう。

地球という観点でいうなら、地球は水をたたえた美しき惑星であり、現在では水が存在しうる地球型惑星は銀河系に一〇〇億個存在するともいわれているが、まだまだ地球は水の惑星としては孤独な密室にあるといっていい。そこでは、悲しいかないまも絶えず戦いが繰り返されている。ミシェル・フーコーの『監獄の誕生』（田村俶訳、新潮社刊）を「いま」という時代に照らしあわせるならば、現代の地球という閉塞した密室においても、まだ絶えず何者かによって監視されている空間であるという側面も持つといえるだろう。だからこそ、密室のなかの惑星はゆらめく放物線を放ちながら、彷徨い、戸惑い、自由を求めて果てしない飛行を今日も繰り返す。

私にとってのこの第七詩集を上梓するにあたり、思潮社の小田康之氏、藤井一乃氏、久保希梨子氏、装幀室和泉紗理氏にさまざまなご配慮をいただき、ここに深く感謝したい。また、帯文と栞を書いていただいた天沢退二郎氏、前作『闇の割れ目で』の帯の抜粋を今回の帯に載せることに快く同意いただいた入沢康夫氏にも心から感謝したい。表紙に父君、建畠覚造氏の素晴らしい作品のご提供に同意いただいた建畠晢氏にも感謝したい。

二〇一六年初夏

著者

浜江順子

詩集
『プールで1,000m泳いだ日』（一九八五・詩学社）
『内在するカラッポ』（一九九〇・思潮社）
『奇妙な星雲』（一九九三・思潮社）
『去りゆく穂に』（二〇〇三・思潮社）
『飛行する沈黙』（二〇〇八・思潮社）第四十二回小熊秀雄賞
『闇の割れ目で』（二〇一二・思潮社）第九回日本詩歌句大賞

詩誌「hotel第2章」、「歴程」同人
日本現代詩人会、日本詩人クラブ、日本文藝家協会会員

密室《みっしつ》の惑星《わくせい》へ

著者
浜江《はまえ》順子《じゅんこ》
発行者
小田久郎
発行所
株式会社思潮社
〒一六二―〇八四二　東京都新宿区市谷砂土原町三―十五
電話〇三（三二六七）八一五三（営業）・八一四一（編集）
ＦＡＸ〇三（三二六七）八一四二
印刷
三報社印刷株式会社
製本
小高製本工業株式会社
発行日
二〇一六年九月三十日